AF509321

Les douze Femmes de Japhet

Vaudeville-Opérette en 3 Actes

—— de ——

MM. Antony Mars et Maurice Desvallières

Musique de Mr Victor Roger

Représenté pour la première fois, le 16 Décembre 1890

sur le Théâtre de la Renaissance

Direction Fernand Samuel

Mise en Scène

Réglée par Mr Gildès, Régisseur Général.

N.B. — Toutes les indications sont prises de la gauche du spectateur.

Paris

Au Ménestrel, 2bis Rue Vivienne, Henry Heugel

Éditeur-Propriétaire pour tous pays

Tous droits de reproduction, de traduction et de reproduction réservés.

Acte 1.er

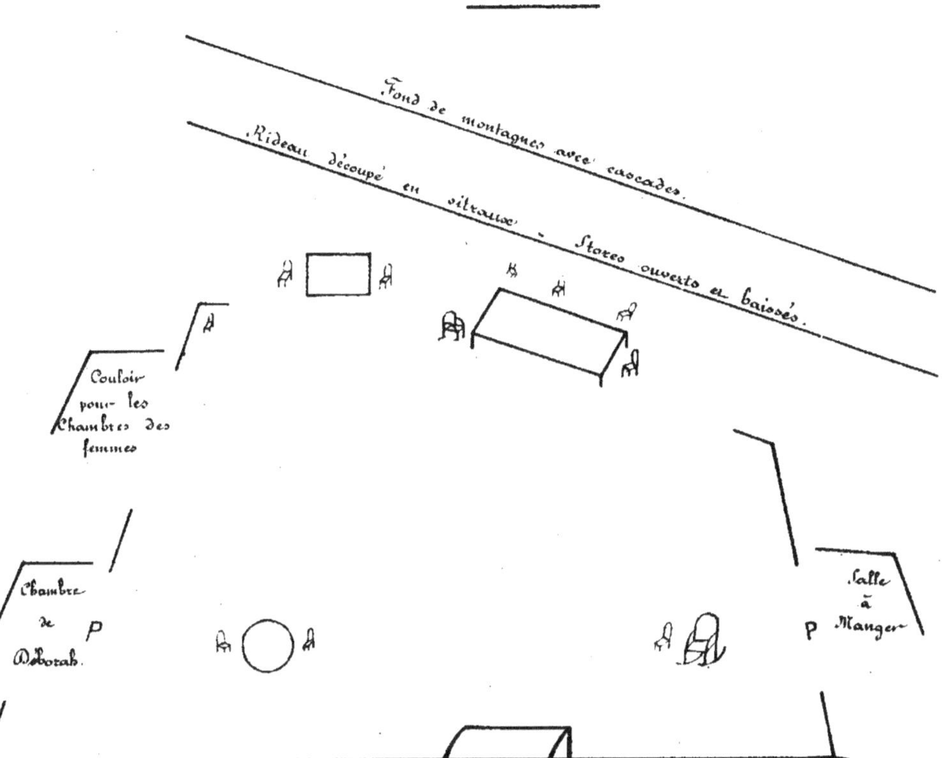

Un grand hall avec une large baie tenant tout le fond et
ouvrant sur un lointain de montagnes avec cascades que l'on découvre à
travers un rideau découpé en vitraux. Le châssis de droite occupe un plan et demi et à une
seule porte, celle de la salle à manger. Le châssis de gauche occupe deux plans
et demi et a deux portes : au 1.er plan, la chambre de Déborah, au second,
celle du couloir conduisant aux appartements des femmes. La carcasse
du décor est en bambou. Les murs sont revêtus de nattes, de stores ouverts
ou roulés. Plantes exotiques, sièges et meubles en bambou et paille fine.
Au 1.er plan à droite, un grand fauteuil à bascule.

Scène 1ère

Briquet seul achève de jeter avec colère les bottines dans le couloir de gauche. Il commence son monologue derrière le guéridon à gauche, esquisse une sortie vers la droite, et revenant en scène sur:

Faut-il avoir un tempérament

va s'assoir sur la chaise à bascule à droite.

Se relève à:

Au courrier que j'oubliais

et va classer les lettres dans un casier entre les deux portes de gauche. Si le casier n'existe pas, l'acteur feint de le trouver dans le couloir

Scène 2e

Des Toupettes entre de droite, aperçoit Briquet et engage la scène. A la reconnaissance, Briquet s'avance. Des Toupettes recule étonné et ils sont:

Briquet   Des Toupettes

Sur:

Des lapins

Des Toupettes passe N°1

C'est un joli filou que ton maître

Des Toupettes s'assied à gauche du guéridon, Briquet à droite.

Ah! quelle bonne fille!

Des Toupettes se lève et passe 2 à droite. Briquet gagne à droite vers lui pour dégager l'entrée de Smith qui vient du 3e plan gauche et prend le N°1.

_______________ Scène 3ᵉ _______________

À la présentation : Smith passe Nº 2 à Des Toupettes puis remonte au fond sur la phrase :

Bonjour, Monsieur...

puis redescend 1, derrière le guéridon où il prend un journal qu'il laisse quand Briquet lui demande des nouvelles de ses femmes.

Sur :

Il ne tardera pas à rentrer

Briquet remonte au fond droite, pour voir si Japhet revient. Des Toupettes passe à Smith et discute avec lui en s'appuyant à la chaise à droite du guéridon. Briquet redescend à droite et s'assied sur la chaise à bascule. Quand des Toupettes dit pour la seconde fois la phrase :

Quel drôle de pays !

ils redescendent en scène : Smith Nº 1, Des Toupettes 2, Briquet 3, et conservent ces positions jusqu'à la sortie de Des Toupettes qui sort 2ᵉ plan droite.

_______________ Scène 4ᵉ _______________

Au bruit du dehors, Briquet remonte au devant des femmes, Smith gagne le coin à droite. Les femmes entrent deux par deux en passant devant Briquet. Elles marchent parallèlement à la rampe jusqu'au milieu de la scène, puis redescendent face au souffleur et gagnent à gauche le manteau d'Arlequin

pour s'arrêter au commandement de Japhet et
dédoublent les files pour faire face au public. Elles
occupent les numéros suivants :

Zinnah 1, Mary 2, Elisa N° 1, 3, Elisa N° 2, 4, Doroty 5,
Adelina 6, Béatrice 7, Belly 8, Rebecca 9, Clary 10,
Déborah 11, Japhet 12, Briquet au-dessus 13, Smith
à l'extrême droite 14.

Au commandement

<u>Repos !</u>

les femmes se dispersent.

Clary et Rebecca, assises à droite, dévident
un écheveau de laine qu'elles prennent sur la
grande table du fond. Les deux Elisa s'ins-
tallent à la petite table du fond gauche et
jouent aux dames. Mary assise seule à la
chaise qui est accotée au châssis de gauche, au
fond, brode. Zinnah et Béatrice assises tout au
fond, derrière la grande table, jouent aux cartes.
Belly sur le fauteuil qui est à l'angle gauche
de cette table brode, les deux autres assises aux
chaises à droite de cette même table lisent des
journaux.

Déborah gagne à gauche vers le guéridon.
Sur la phrase :

<u>Epongez-vous en silence.</u>

elle remonte au casier, et semble chercher.

Japhet qui lui a tourné le dos aperçoit
Smith à droite et gagne vers lui. Briquet redescend

à sa gauche en disant :
<u>Ces dames ont fait leur persil</u>
et sort à droite sur l'ordre de Japhet qui remonte
au milieu pour faire l'appel . Les femmes
répondent de leur place

__________ Scène 5e __________

Deborah est toujours au casier et Japhet
la fait descendre en scène en la secouant par
le bras sur la phrase :
<u>Vous devriez le savoir</u>
Elle gagne le guéridon et s'assied à la
chaise de droite en tournant le dos à Japhet.
Clary en disant :
<u>Je le sais, moi</u>
se lève et vient à Japhet à droite et va se rasseoir
après avoir dit :
<u>Prendre un bock avec eux</u>
Japhet descend en Scène et parle à Smith.

__________ Scène 6e __________

On entend au dehors la voix d'Arabella
Japhet remonte au milieu, les femmes
gardent leurs places ou à l'avant scène.
Deborah 1, Japhet 2, Arabella 3, Smith 4 ,
Sur :
<u>Si on ne peut plus rire</u>
Arabella remonte et va s'appuyer au
dos du fauteuil à bascule et redescend vers
Japhet qui a gagné un peu à gauche pour

interpeller Déborah. Il reste au milieu pendant la dispute des deux femmes en les séparant.

Sur:

Garde à vous !

Japhet rejoint Smith à droite et les femmes descendent s'aligner en scène. Déborah occupe le N° 5, Elisa N° 2, a le N° 6, Arabella le N° 7, Rebecca le 11, Clary le 12

Sur:

Pas d'observations

Japhet prend le milieu ; les femmes s'écartant légèrement par 6, à sa droite et à sa gauche.

La sortie des femmes se fait par une conversion, les N° 6 et 7 partant en tête et les deux ailes se rejoignant au centre pour sortir toutes 2° plan gauche. Déborah sort au 1er plan.

—————— Scène 7° ——————

Japhet qui les a suivies revient en scène à Smith qui a gagné en scène et passant derrière celui-ci qui s'assied à la chaise de droite, s'installe sur le fauteuil à bascule ; sur:

Mais quelle femme !

il se lève et passe en scène N° 1. Smith se lève et vient à lui N° 2.

—————— Scène 8° ——————

Déborah sort du 1er plan gauche et vient à Japhet

Déborah 1, Japhet 2, Smith 3.

Japhet passe 1 sur:

Vous aviez quinze ans de moins

—————— Scène 9° ——————

Arabella entre du 2° plan gauche et vient à Japhet qui est au N° 1. Déborah et Smith gagnent à droite et vont s'asseoir. Smith se lève à la cloche.

————— Scène 10ᵉ. —————

À la cloche, les dix femmes reviennent du 2ᵉ plan gauche et descendent en scène.

Sur:

<u>Mesdames sont servies !</u>

elles esquissent un pas vers la salle à manger. Smith qui est à droite les arrête et gagne le milieu de la scène pour le bénédicité. Arabella et Japhet sont au milieu également depuis l'entrée des femmes. Briquet est à l'extrème droite.

—————Scène 11ᵉ. —————

Au moment où, suivant les femmes qui sortent 1ᵉʳ plan droite, Japhet va quitter la scène, Des Toupettes qui est entré du 2ᵉ plan droite et a gagné à gauche le Nᵒ 1, l'arrête de la voix. Ils se reconnaissent et engagent la scène au milieu.

Des Toupettes - Japhet
                    2

Japhet passe Nᵒ 1 sur:

<u>Je te crois, trois millions</u>

et s'assied à gauche du guéridon sur:

<u>Je peux vivre bien tranquillement</u>

Des Toupettes s'assied à droite.

Sur:

<u>Ça doit faire un drôle d'effet</u>

Des Toupettes se lève et vient se rasseoir à la même place, à califourchon sur sa chaise. Sur la phrase:

<u>Ainsi, tiens, quand j'ai épousé</u>

Ils se lèvent tous deux sur:

<u>Tu fais un voyage de noces</u>

et gardent les Nᵒˢ: Japhet 1, Des Toupettes 2,

Des Toupettes gagne l'extrème droite sur:

<u>Je n'ai plus d'espoir.</u>

Scène 12:

Arabella sortant de la salle à manger 1ᵉʳ plan droite, vient au milieu à Japhet et prend le Nᵒ 2.

À la présentation, Japhet passe à Des Toupettes. On est:

Arabella 1, Japhet 2, Des Toupettes 3.

Sur:

Je reviens de suite.

Japhet passe derrière des Toupettes et gagne la porte du 1ᵉʳ plan droite. Des Toupettes le suit dans ses mouvements, et la porte refermée, revient à Arabella.

Scène 13ᵉ.

Des Toupettes 2, Arabella Nᵒ 1.

Il lui embrasse les mains au moment de l'entrée de Japhet, Arabella gagne à gauche et Des Toupettes vient à Japhet qui est suivi par ses autres femmes.

Scène 14ᵉ.

Les femmes entrent pendant les quelques mots échangés entre Japhet et Des Toupettes. Deborah, qui est arrivée la première, passe au dessous des sièges de droite et derrière les deux hommes va retrouver Arabella qui garde le Nᵒ 1. Les cinq premières femmes descendent entre les sièges et le mur, les cinq autres au-dessous des sièges et des deux ailes se rejoignent, de telle sorte que les femmes sont échelonnées sur une ligne oblique qui va de l'extrème droite au milieu de la scène, en gagnant vers le fond. On a les Nᵒˢ suivants:

Arabella – Deborah – Des Toupettes – Japhet.
   1   2   3   4

Béatrice

Clary

En présentant ses femmes. Japhet remonte au-dessus N° 3. Des Toupettes passe 4, et vient près de Clary, se retourne à la phrase de Béatrice, vient à Déborah qui lui parle et retrouve Japhet au N° 4

Sur:

Comment, vous voulez ?

Arabella vient en scène N° 2. Déborah est au N° 1. Des Toupettes 3, Japhet 4,

Sur:

Il est aussi bête que les autres

Des Toupettes prend le N° 4 et remonte dos au public la ligne des femmes qu'il salue, et sort au 2e plan droite.

———————— Scène 15e. ————————

Japhet accompagne un peu Des Toupettes ; pendant ce temps sur sa phrase

Les maris sont tous les mêmes

Arabella regagne à gauche et rejoint Déborah qui est au N° 1. Japhet redescend, la ligne des femmes se brise et elles descendent pêle-mêle autour de lui.

Sur:

Oh ! mon petit mari.

elles veulent l'embrasser ; il les arrête par le mot :

Pas comme ça.

et sur la réplique

Militairement

les femmes remontent au fond en enlevant tous les meubles. A gauche, Déborah et Arabella emportent les chaises du guéridon. Zinnah et Mary le guéridon qu'elles portent au fond, près de la grande table, Clary et Rebecca ont remonté les deux chaises de droite. Belly et et Béatrice prennent le grand fauteuil qui est

à la table du fond, le retournent et le redescendent en tenant chacune un bras, pendant le
chœur pour arriver à le poser à l'avant-scène
milieu et y faire asseoir Japhet pour les em-
brassements.

On est

Deborah, 1 - Arabella, 2 - Zinna, 3 - Mary, 4 -
Dorothy, 5 - Belly, 6 - fauteuil - Béatrice 7. Adélina, 8.
Elisa¹, 9 - Elisa², 10 - Rebecca, 11 - Clary, 12.

Japhet au milieu en avant de la ligne des
femmes.

Les femmes descendent perpendiculaire-
ment à la rampe puis sur la phrase:

<u>Mon petit mari</u>

font, celles du côté gauche par le flanc gauche, celles
de droite par le flanc droit et remontent au
fond après avoir embrassé Japhet qui est dans
le fauteuil. Deborah qui est la dernière lui
saute au cou, il la repousse, se lève et chante
sa phrase, tandis que Deborah se laisse tomber
dans le fauteuil. Japhet se recule pour se rasseoir
sur la reprise du motif et écrase Deborah qu'il
renvoie du geste reprendre sa place dans le rang;
il se rassied, et la descente des femmes
s'opère dans le même ordre que précédemment.

Au dernier:

<u>Mon petit mari</u>

elles tombent à genoux en cercle autour du
fauteuil, envoyant des baisers à Japhet.

Scène 16ᵉ

Briquet qui est entré sur la deuxième reprise,
descend derrière les femmes et derrière le fauteuil crie:

<u>Monsieur</u>

les femmes se relèvent et s'écartent un peu
pendant les répliques de Briquet et de Japhet
qui se lève sur:

<u>De Paris</u>

Sur:

<u>Oh ! mes pauvres femmes !</u>

celles-ci se rapprochent, tandis que Briquet reporte
le fauteuil au fond. Japhet va de droite à gauche
au milieu des femmes, essayant de les consoler.
Briquet pendant ce temps redescend à l'extrême
droite, d'où il gagne le milieu quand Japhet dit:

<u>Vous aurez Briquet</u>

Sur:

<u>Le service est trop dur</u>

il remonte au milieu des femmes qui le bous-
culent et sort au 2ᵉ plan droite.

À l'entrée de Briquet, dans la disper-
sion des femmes, Arabella au-dessous a gagné
à droite où Japhet la trouve pour lui
dire:

<u>Vous êtes de garde ce soir</u>

Passant derrière elle, il sort 1ᵉʳ plan
droite.

Scène 17ᵉ

Arabella gagne le milieu pour demander
une remplaçante. Chacune des femmes sort
après son refus, Clary, Béatrice, Rebecca au
2ᵉ plan droite, les autres 3ᵉ plan
gauche.

Il reste en scène Deborah Nᵒ 1 Arabella
Nᵒ 2. Deborah sort 1ᵉʳ plan gauche. Arabella
la suit:

Scène 18ᵉ

Des Toupettes entre du 2ᵉ plan droite, une
valise à la main, la dépose avec son chapeau

sur la table du fond et descendant en scène
se trouve. N° 2.

Arabella 1, Des Toupettes 2;

Sur:

Allons donc, ça y est !

Des Toupettes gagne à droite.

_______ Scène 19e. _______

Les femmes entrent des plans par où elles
sont sorties et viennent en cercle autour d'Arabella.

Sur la réplique:

Nous aussi

Des Toupettes revient en scène et regagne la
droite sur:

Comment, il va falloir que j'emmène tout ça !

Sur la réplique:

Nous le jurons !

les femmes par groupes de quatre comme dans
la Bénédiction des Poignards étendent les mains,
puis descendent toutes face au public sur la
fin du motif.

Aux

Chut !

poussés par Des Toupettes le silence se fait.
On chante piano et l'extrémité droite de la
ligne des femmes remonte un peu vers le fond
en reculant pour dégager l'entrée de Japhet
avec Smith par le 1er plan droite.

_______ Scène 20e. _______

Ils gagnent au milieu où Japhet abandonne
le bras de Smith qui va titubant gagner l'extrême
gauche.

Japhet aperçoit Des Toupettes qui est
resté à droite et vient à lui.

Sur:

C'est bien décidé

d'Arabella qui avec Déborah est au milieu des femmes, il vient entre elles deux au milieu du théâtre.

À l'extrême gauche Smith N° 1 puis cinq femmes et Déborah N° 7. Japhet N° 8 est au milieu un peu en avant des femmes, Arabella 9 puis cinq femmes, des Toupettes 15, à l'extrême droite. Sur le premier motif, les femmes semblent navrées, à la reprise elles étendent le bras vers la salle d'un geste tragique, puis restent en prostration pendant le second motif.

Sur:

Un bon mari jamais sans peine

elles menacent Japhet qui est en avant d'elles Au motif.

Oh! ma bien chère douzaine

toutes ont tiré leur mouchoir et en mesure s'épongent tour à tour l'œil droit et l'œil gauche.

Sur leur reprise de:

À Paris va donc, file! file!

elles font la nique et des grimaces en remontant vers le fond toujours face au public.

Rideau.

Acte 2ᵉ

Fond représentant l'intérieur d'une cour.

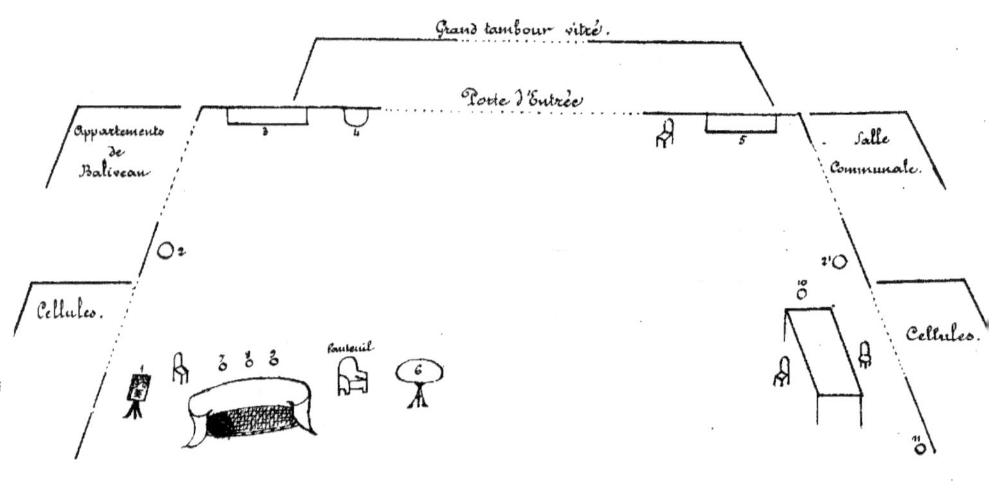

1ᵉ Chevalet drapé avec, dans un cadre Louis XV, l'arrêté de la police contre l'ivresse - 2 et 2' petits meubles avec plante rare dans une jardinière ancienne. - 3 grand meuble Louis XVI sur lequel se trouvent une statuette en marbre, des vases anciens avec des fleurs et un encrier avec la plume - 4 petit meuble avec plante rare; il contient un grand registre doré sur tranches qui est le livre de police - 5 meuble comme le 3 - Garniture semblable - Des journaux. - 6 petite table de fumeur sur laquelle, au lever du rideau, se trouve un carafon de liqueur avec deux verres et un plateau. 7. 8 - 9 - 10 - 11, chaises volantes. Mobilier très riche. - Tapis et dossier sur les tables et les meubles. Deux coussins aux angles du canapé à gauche. La porte du fond, à deux battants est encadrée de tapisseries anciennes. Quand elle est ouverte on aperçoit par le tambour vitré l'intérieur de la cour, et, face au public, l'inscription en grosse lettres: Commissariat Au dessous des meubles 3 et 5 il y a deux grands cadres en peluche contenant,

…celui de gauche l'arrêté de police des squares et jardins, celui de droite, diverses annonces d'objets perdus, enquête, etc, etc. Les quatre portes ont des écriteaux au-dessous. 1er plan gauche, <u>Cellules</u>, 1, 3, 5, 7, pan coupé gauche : <u>Entrée interdite</u>. 1er plan droite : <u>Cellules</u> 2, 4, 6, 8. pan coupé : <u>Salle Commune</u>.

Scène 1er

Au lever du rideau, Japhet et Baliveau sont à la table de droite. Sur le tapis de la table est un grand plateau couvert d'une nappe avec les restes du dîner, bouteille de vieux vin et plusieurs verres encore à demi pleins; on est au café, les tasses sont pleines, la verseuse est encore sur le plateau.

Japhet est à gauche de la table, N° 1, Baliveau à droite, N° 2. Ernest au-dessous, la serviette sur le bras. Ernest sort pour prendre les cigares par la porte pan coupé à gauche, au dessous de laquelle on lit l'écriteau : <u>Entrée interdite</u>.

Sur:

<u>Montré mon installation en détail</u>

Baliveau et Japhet se lèvent, Baliveau ouvre la porte premier plan droite où Japhet vient regarder. La porte doit s'ouvrir du lointain à la face, de façon à laisser voir au public l'intérieur des cellules qui sont capitonnées. A l'entrée dans le violon, on aperçoit de la salle le piano. Baliveau s'efface devant la porte, Japhet entre dans la salle, de sorte que Baliveau se trouve N° 1 pour gagner à gauche et ouvrir les portes de son appartement et des cellules du 1er plan gauche. Japhet, en regardant les cellules 1, 3, 5, 7 à gauche reprend le N° 1. Baliveau au milieu. Japhet revient à lui par dessous le canapé sur la phrase:

<u>Mes compliments</u>

et gagne l'extrême gauche, devant le canapé, pour regarder le chevalet qui contient l'arrêté contre l'ivresse: il s'assied sur le canapé à la réplique:

<u>Et c'est moins cher.</u>

Ernest revenant du 2ᵉ plan gauche pose la boîte de cigares sur le petit guéridon qui est à l'angle droit du canapé. Balivean est debout devant le canapé, il prend la boîte, la tend à Japhet puis la rend à Ernest qui lui passe une petite lampe de fumeur qu'il a apportée avec la boîte. Ernest gagne alors la table de droite et dépose la boîte sur le plateau. Ernest sur l'ordre du commissaire, sort par le fond et ferme la porte qui est ouverte depuis le lever du rideau. Pendant ce temps, Japhet et Balivean ont allumé leurs cigares. Japhet à l'angle droit du canapé, N° 1 et Balivean N° 2 sur la chaise à gauche de la table qu'il a prise pour s'asseoir près du petit guéridon. Tout en causant, ils se versent un verre de liqueur qui est sur le guéridon et boivent.

Sur la réplique:

<u>J'en raconte une dans un journal du matin.</u>

Balivean se lève et va chercher sur le meuble du fond droite un journal qu'il apporte à Japhet; il reste debout au-dessus du guéridon.

A la phrase:

<u>Par cette gredine d'Ernestine</u>

il prend avec colère la chaise qu'il a apportée

de la table et la remet à sa place primitive
à gauche de la table ; il gagne à droite. Japhet
se lève sur :

Cassoulet son complice

et rejoint Baliveau au milieu du Théâtre
Japhet 1 - Baliveau 2 - sur :

C'est de rester garçon

Baliveau passe devant Japhet et prend le N° 1.
Il repasse N° 2 à la réplique :

Carrément !

Japhet le suit un peu. Baliveau repasse N°1
sur :

Voilà

et vient s'asseoir sur le canapé où il s'étale,
la tête appuyée sur le coussin de l'angle gauche,
face à Japhet qui est venu près du guéridon
qu'il quitte pour gagner à droite en disant :

Vous avez peut-être raison.

Il dégage ainsi l'entrée d'Ernest qui
entre du fond et vient N° 2 à droite du guéridon.
A la sonnerie du téléphone, Baliveau se lève
et passe derrière le canapé entre le chevalet
et le canapé.

Ernest sort et Baliveau dit derrière le
canapé sa dernière phrase à Japhet qui est
revenu vers lui sur :

Il est en congé.

Il sort par coupé gauche.

_______ Scène 2ᵉᵐᵉ _______

Japhet seul prend les deux coussins du
canapé, les accote à l'angle droit et s'étale
de tout son long, la tête au milieu du
Théâtre, les pieds à l'extrême gauche et dit
son monologue sans se soucier de Briquet
qui entre et cherche partout. Celui-ci apercevant

du fond quelqu'un demande le Commissaire et sur

<u>Asseyez - vous</u>

va se poser sur la chaise à gauche de la table
de droite. Japhet se redresse sur le canapé
à la phrase.

<u>Le lac salé est loin</u>

et peu à peu, regarde vers Briquet : il se lève
brusquement en l'apercevant et retombe affaissé
sur :

<u>En voilà une tuile !</u>

Briquet s'est levé à la reconnaissance
et descend en scène. Japhet le rejoint à
droite sur :

<u>Tu es de service chez mon oncle.</u>

Japhet 1 — Briquet 2.

Japhet pendant l'explication le pousse
vers la droite. sur :

<u>Tu n'as pas besoin de comprendre</u>

il voit entrer Baliveau et passe derrière la
table. N° 3, tandis que Briquet revient en
scène au N° 2.

—————— Scène 3e ——————

Baliveau revenant du 2ème plan gauche
descend 1 entre le canapé et le chevalet et
gagne au devant de Briquet pour l'interroger.
Baliveau 1, Briquet 2, Japhet 3.

Japhet qui est descendu entre la table et
le mur à droite vient se camper près de Briquet
qu'il pousse fortement à chaque réplique inquié-
tante.

sur :

<u>Je suis veuf</u>

Baliveau regagne à gauche au-dessous du
canapé.

Ernest entre du fond et vient à lui.

Japhet sur:

Moi aussi je vais m'habiller

passe derrière Briquet et suit Balivean ; il s'arrête pour revenir menacer Briquet et sort derrière Balivean pan coupé gauche.

—————— Scène 4.ᵉ ——————

Cassoulet entre du fond et descend N.º 1. Briquet N.º 2. La scène se joue au milieu du théâtre. Cassoulet passe N.º 2 à droite sur:

Quand on a fréquenté des princes

Sur:

Ça se recolle

Briquet prend les morceaux de la canne et les dépose sur le guéridon, tandis que Cassoulet passant au N.º 1, vient se laisser tomber sur le canapé sur:

L'élégant, le beau Cassoulet.

Briquet s'assied près de lui. Cassoulet se lève sur:

J'avais fait la bêtise de l'épouser

Briquet se lève aussitôt. Cassoulet passe N.º 2 sur le:

Tu l'as dit! tu l'as dit!

et gagne le milieu. Briquet le suit. Sur:

C'est un à compte:

Briquet remonte et voit entrer Balivean pan coupé gauche

Briquet sort au fond à sa réplique

—————— Scène 5.ᵉ ——————

Cassoulet qui s'est avancé au-devant de Balivean à l'entrée de celui-ci occupe le N.º1, Balivean qui est resté au-dessous pour congédier Briquet descend 2 en scène, à droite près de la table.

Cassoulet remonte sur:

Un agent matrimonial doit toujours être à la disposition de ses clients.

et esquisse sa sortie par le fond. La voix de Baliveau l'arrête et il redescend en scène Nº 1.

Sur:

Mon cher collègue...

Baliveau traverse et vient à l'angle droit du canapé et invite Cassoulet à s'asseoir. Celui-ci gagne à gauche devant Baliveau; et tous deux s'asseyent sur le canapé.

Cassoulet 1 Baliveau 2

Tous deux se lèvent sur:

Ma femme!

Cassoulet passe à gauche entre le canapé et le chevalet, remonte pour sortir au fond. Baliveau qui a gagné à droite en reculant sur:

Mais alors tu es Cassoulet.

le rejoint, le prend au collet et le redescend en scène.

Cassoulet 1, Baliveau 2.

———— SCÈNE 6e ————

Ils s'embrassent au milieu du théâtre quand Japhet entre et descend étonné Nº 1 — Baliveau le fait passer à Cassoulet sur:

Je vais te présenter monsieur

Et on est:

Baliveau 1, Japhet 1, Cassoulet 3.

A la fin de cette scène, Cassoulet remonte au fond sur:

Je repasserai voir votre secrétaire

Baliveau le rejoint au fond. Ils sortent, laissant Japhet pétrifié au milieu du Théâtre. Sur:

<u>Je reprends le paquebot</u>

Japhet remonte pour sortir : Baliveau entre par le fond et prend le N° 1. Ils redescendent en scène. Japhet sort par le fond. La porte se referme.

Scène 7.

Baliveau regagne la gauche et Briquet qui entre du pan coupé gauche, vient au milieu N° 2. Baliveau sort pan coupé gauche, suivi de Briquet qui emporte le petit plateau qui était sur le guéridon, à l'angle droit du canapé.

Pendant cette scène on fait avancer au fond la voiture cellulaire qu'on aperçoit à l'entrée d'Ernest escorté d'un autre agent. Un garde municipal fait descendre les femmes qui ont toutes une valise à la main.

Scène 8.

Les femmes descendues, la porte se referme. Ernest cause au fond avec l'agent. Toutes les femmes à l'avant-scène :

Dorothy - Adelina - Mary - Belly - Clary - Deborah - Rebecca - Béatrice - Zinnah - Elisa - Elisa.
1   2   3   4   5   6   7   8   9   10   11

A la réplique :

<u>Où sommes nous ?</u>

elles remontent un peu regardant les tableaux les meubles, mais gardent leurs numéros.

A l'interpellation de Deborah, Ernest qui est resté au fond descend N° 7.

Sur :

<u>Entrez-là ...</u>

il désigne les portes des deux premiers plans où les femmes entrent, cinq à droite et cinq à gauche. Le deuxième agent entre dans le couloir des cellules de gauche, tandis que Deborah reste en scène avec Ernest. Elle est N° 1.

Sur:

Où me logez-vous?

Ernest ouvre la porte pan coupé droite qui porte l'écriteau Salle Commune, et la fait passer devant lui. Elle sort.

À la réplique:

Sous-chef!

il ferme cette porte, puis descend fermer celle du premier plan droite.

—————— Scène 9ᵉ ——————

Briquet entre du fond une serviette sous le bras et vient N° 1 au milieu du théâtre. Ernest 2 à droite, au-dessus de la table. Sur la danse, Briquet à l'avant-scène gagne à gauche en valsant, repasse à droite et remontant au milieu se heurte à Baliveau qui vient d'entrer du pan coupé gauche. Ernest, en valsant aussi est passé au N° 1 à gauche.

Sur

Elles sont là.

il passe au-dessous entre le canapé et le chevalet et vient se camper debout à droite de la porte du fond. Baliveau est au 1 près du guéridon. Briquet qui a enlevé le plateau le heurte, et posant le plateau sur le guéridon, l'essuie avec la serviette que Baliveau lui arrache. Sur l'ordre du commissaire, Briquet sort en valsant 2ᵉ plan gauche.

Scène 11ᵉ.

Baliveau garde le milieu. À

Introduisez les prisonnières.

Ernest ouvre les deux portes de droite : le 1ᵉʳ plan gauche s'ouvre et le second agent paraît et fait sortir les femmes qui y sont entrées. Pendant les quelques répliques d'entrée, Ernest et le 2ᵈ agent apportent au milieu du théâtre le guéridon et le grand fauteuil qui est à l'angle droit du canapé. Sur :

Je vous ai dit de vous asseoir.

Déborah se pose dans ce fauteuil et Baliveau qui en disant ces mots a gagné à droite revient à elle et la repousse ; elle se lève et va au canapé.

On est ainsi.

Dorothy 1 à l'extrême gauche sur une chaise qu'elle a descendue entre le canapé et le chevalet.

Belly Nᵒ 2, Déborah 3, Clary 4, toutes trois sur le canapé. Derrière le canapé sont assises Adelina et Mary. Au milieu Baliveau assis au guéridon.

À droite, autour de la table.

Rebecca sur la chaise qui est fond droite et qu'un agent a descendu sur : Asseyez-vous... Un peu plus bas, à l'angle de la table. Zinnah sur la chaise qui est là au lever du rideau, puis Béatrice qui a pris la chaise volante qui est accotée au mur ; Elisa Nᵒ 2 à droite de la table, sur la chaise qu'occupe Baliveau au lever de l'acte. Elisa Nᵒ 1, au-dessous de la table, sur la chaise volante. Ernest a pris le livre au petit meuble au fond gauche et l'apporte avec l'encrier qui est sur le grand meuble

même côté; il dépose le tout sur le guéridon.
(À la réplique).

A quelle heure la table d'hôte ?

Béatrice quitte sa chaise pour venir à Baliveau et retourne à sa place à l'injonction de ce dernier.

Chacune des femmes se lève quand on l'interroge.

À:

Je ne comprends pas un mot.

Deborah se lève et vient à la table de Baliveau qui, impatienté se lève et descend à droite. Deborah le suit et vient se camper dans le fauteuil du commissaire sur:

Allez-vous asseoir.

Il la repousse et se rassied. Elle retourne à sa place au canapé. Béatrice revient à lui. Furieux, il se relève et la renvoie à sa place. Debout, il s'adresse à Zinnah.

Sur:

C'est déjà celui des deux autres

Deborah passant à nouveau devant Clary revient à lui.

Sur:

Dépêchons, vos noms.

toutes se lèvent pour répondre:

Mesdames Paterson

Les agents enlèvent le guéridon et remettent toutes les chaises à leurs places primitives.

Les femmes font l'éventail de gauche à droite. Baliveau au milieu. On est ainsi:

Dorothy(1)- Adelina(2)- Mary(3)- Belly(4)- Clary(5)- Deborah(6)- Baliveau(7)- Béatrice(8)- Rebecca(9)- Zinnah(10)- Elisa(11)- Elisa(12)

Les deux agents au fond.

Les femmes chantent ainsi le motif :

Nous arrivons de l'Amérique

A la reprise, Deborah et Béatrice saisissant Baliveau par le bras descendent par saccades sur la phrase musicale et arrivent sur la rampe où elles, le lâchent. Là, chacune des femmes chantant sa phrase, frappe sur l'épaule de Baliveau, le forçant à se retourner, fait la révérence et remonte au-dessous fermer le même éventail que pour l'attaque du Chœur.

Deborah chante la phrase 1, Clary 2, Béatrice la phrase 3, Rebecca la quatrième, Belly la 5ᵉ, Zinnah la 6ᵉ, Mary et les 2 Elisa la 7ᵉ, Dorothy et Adelina les derniers vers. Baliveau, ahuri, remonte à l'éventail qui s'est ainsi reformé et redescend reculant devant les femmes qui reprennent le chœur. Il est au milieu entre Deborah et Béatrice à la fin.

Sur :

J'en ai assez de cet hôtel

Deborah gagne à gauche devant cinq femmes en leur parlant et revient à Baliveau sur :

Nous allons prendre nos valises

et remonte un peu pour dégager Ernest à qui elle demande l'omnibus.

Baliveau sur :

Vous ne l'attendrez pas longtemps.

passe à gauche où Béatrice le suit pour demander la table d'hôte. Deborah descendant à droite de Béatrice l'emmène au-dessous sur :

Nous dinerons ailleurs

Clary est ainsi dégagée pour sa phrase.

Allons chercher nos valises.

Toutes regagnent les portes de leurs cellules et disparaissent, poussées par les agents. — Le 2ème agent sort comme précédemment dans le couloir des cellules. (Il est nécessaire de faire sortir cette fois clary à droite pour la rentrée de la scène finale) Deborah remonte à la porte 2ème plan droite et, poussée par Ernest, le soufflette et sort. Ernest ferme les deux portes de droite et remonte au fond.

Baliveau, 1 - Ernest, 2.

—————— Scène 12ème ——————

Baliveau remonte, prend le livre que lui tend Ernest et sort 2e plan gauche.

Briquet entre du fond et descend N° 1 Ernest 2.

—————— Scène 13ème ——————

A la sortie d'Ernest qu'il a suivi un peu, Briquet gagne la porte de la salle commune 2ème plan droite et regarde par la serrure. — Des Toupettes entre du fond avec Arabella. Arabella descend 1, des Toupettes 2, Briquet 3.

A la reconnaissance, sur :

Madame

Briquet passant à Arabella prend le milieu.

Sur :

J'y cours. j'y cours.

il remonte au-dessus d'Arabella et lance sa dernière phrase à la porte du 2ᵉ plan gauche.

Des Toupettes descend s'asseoir à la chaise qui est à gauche de la table de droite. Arabella vient à lui.

Il se lève sur :

Encore courir

Arabella 1. Des Toupettes 2.

Il sort par le fond, poussé par Arabella qui redescend en scène et va s'asseoir sur le canapé.

——————— Scène 14ᵉ ———————

Elle se lève à l'entrée de Briquet qui, restant au dessus, annonce Baliveau. Celui-ci descend au milieu Nᵒ 2.

À la reconnaissance, Briquet sort 2ᵉ plan gauche.

Arabella retombe assise sur :

Mon premier mari.

Baliveau vient s'appuyer à l'angle droit du canapé.

——————— Scène 15ᵉ ———————

À l'entrée de Cassoulet qui vient du fond et dépose son chapeau sur la chaise à droite, Baliveau remonte et le fait descendre en scène Nᵒ 2 et prend le Nᵒ 3

Arabella sur le canapé 1. Cassoulet à l'angle droit du canapé 2. Baliveau près de lui, Nᵒ 3

Sur le second

Je le lui disais tout à l'heure.

Baliveau passe derrière Cassoulet et Arabella et reste au-dessous du canapé Nᵒ 1 penché à gauche d'Arabella. Cassoulet s'assied sur le canapé Nᵒ 3. Baliveau embrasse Arabella au-dessus ; puis pendant que Cassoulet l'embrasse à son tour, il descend une chaise entre le canapé et le chevalet et s'assied Nº 1 - Arabella 2 et Cassoulet 3 sur le canapé.

_______ Scène 16ᵉ. _______

A l'entrée de Japhet par le fond, Cassoulet se lève, vient à lui, et le fait descendre en scène. Arabella se lève en reconnaissant Japhet et vient Nº 2. Cassoulet se lève.

Cassoulet 1, Arabella 2, Balivean 3, Japhet 4.

Japhet en disant :

C'est votre faute à vous

vient Nº 3 à Arabella en passant devant Balivean.

Sur :

Est-ce qu'on dit ces choses là ?

Balivean passant derrière Japhet reprend le Nº 3.

Sur :

Tu t'es marié malgré ma défense

on entend le roulement de la voiture cellulaire qu'on aperçoit avec le municipal comme précédemment.

A l'annonce d'Ernest, Balivean remonte légèrement à celui-ci puis redescend dire.

Nous reprenons

pendant qu'Ernest ouvre d'abord la salle commune.

Balivean sur :

Laisse moi tranquille.

gagne vers la gauche pour sortir 2ᵉ plan. Au cri de Deborah il se retourne et descend saisir celle-ci ; la prend par le bras en disant :

Vous connaissez donc mon neveu ?

Il recule stupéfait

Clary entre du premier plan droite et saute

au cou de Japhet. On est :

Cassoulet 1, Arabella 2, Baliveau 3, Deborah 4, Japhet 5, Clary 6.

A la réplique :

<u>Tu as trois femmes !</u>

toutes les mormones sortent des cellules et courent à Japhet.

Celles de gauche passent derrière le canapé et viennent au dessus de la table droite.

Japhet tombe affaissé sur la chaise à gauche de la table sur :

<u>Mes femmes v'lan ! Ça y est</u>

A la réplique :

<u>Il a douze femmes</u>

Baliveau furieux se précipite sur Japhet. Cassoulet qui est passé derrière Arabella l'arrête : Briquet, entré sur les derniers mots avec son plateau arrive au milieu. Baliveau donne un coup de pied dans le plateau qui tombe, et le rideau baisse.

On est ainsi :

Arabella 1, Cassoulet 2, Baliveau 3, Briquet 4, Japhet, 5, entouré de toutes ses femmes à droite et à gauche de la table.

Rideau.

Acte 3ème

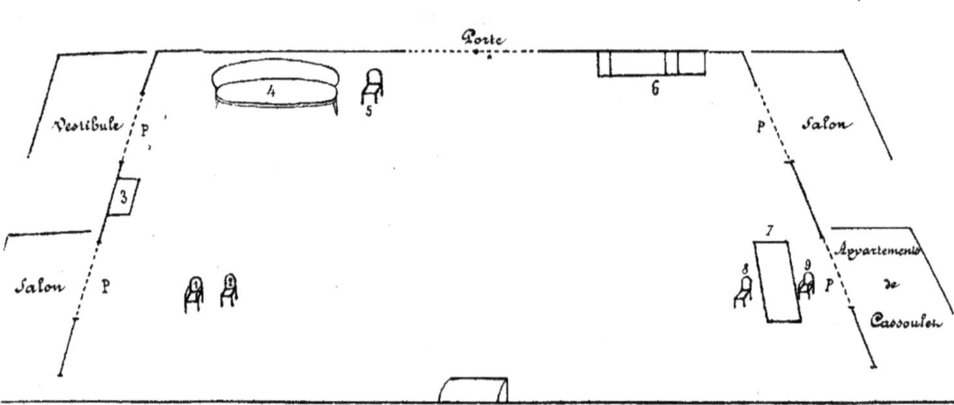

Salon criard et de mauvais goût. Porte double au fond ouvrant sur un autre salon. Deux portes praticables de chaque côté ouvrant également sur des intérieurs.

A gauche :

1. Fauteuil . 2. Chaise en scène en face de la porte du 1er plan – 3. Petit cartonnier sur lequel se trouve le registre des courses. 4. Canapé – 5. Chaise, adossés au panneau du fond.

A droite :

6 . Grand cartonnier, section des mariages . 7. Table couverte de papiers, de quoi écrire et le registre des mariages . 8. Chaise à gauche de la table. 9. Fauteuil à droite. Aux panneaux du fond, à droite et à gauche de la porte sont deux tableaux l'un représentant, en costumes de mariés un petit homme accouplé à une femme immense ; l'autre une petite femme avec un géant

Scène 1ère

Au lever du rideau, Cassoulet, en habit noir, est assis à la table de droite, sur le fauteuil & achève d'inscrire des clients sur son registre . 8 messieurs en habit entourent la table au-dessus. Détachés, à gauche, Godet N°1 et Durozier N° 2

Sur : Vous êtes déjà inscrits

les clients qui entourent la table remontent au fond à droite et à gauche, regardant les tableaux.

Sur la réplique

A qui le tour ?

Durozier s'approche de la table tendant sa carte à Cassoulet ; il s'assied sur un geste de celui-ci, à la chaise à gauche de la table, se relève sur :

Je le prends

et remonte joindre au fond gauche les autres clients Godet venant à Cassoulet s'assied sur la chaise laissée libre par Durozier.

Sur la phrase :

Vous êtes tous inscrits

dans un mouvement simultané, Godet se lève et passe devant la table à droite, tandis que Cassoulet qui a refermé son livre se lève et passant derrière la table vient prendre le milieu. Les clients se rapprochent et se groupent autour de lui. Durozier à gauche, Godet à droite. Cette scène se joue sans descendre en scène.

Les clients qui esquissent leur mouvement de sortie vers la porte 2ᵉ plan droite, redescendent entourer une seconde fois Cassoulet sur la phrase :

Ah ! pardon encore un mot

Cassoulet engage la scène d'un ton mystérieux et descend sur :

J'ai indiqué 4 gagnants à la dernière réunion d'Auteuil

Les clients le suivent et vivement le pressent pour avoir les bulletins de pronostics qu'il a tirés de la poche de son habit. Cassoulet vient à gauche pour les distribuer puis regagne à droite, tendant la main pour toucher l'argent que lui donnent l'

clients et rejoint Godet qui est à l'extrémité droite
du groupe des clients. Tous remontent sur :

Soyez tranquilles

et disparaissent 2ᵉ plan droite. Cassoulet les accompagne
jusqu'à la porte et redescend en scène dire son monologue qu'il finit à droite devant la table pour dégager
l'entrée de Briquet.

— Scène 2ᵉᵐᵉ —

Briquet vient du 2ᵉ plan gauche & descend
vers lui. Briquet N° 1. Cassoulet N° 2
Sur la réplique :

Vous repasserez plus tard

Cassoulet se rassied au fauteuil à droite de la table ;
Briquet reste debout. Briquet remonte, esquissant
une fausse sortie sur la gauche, sur :

C'est une femme que je voudrais

redescend à la table où il s'assied sur la chaise de
gauche en disant :

Ah ! mais j'y pense.

Briquet 1. Cassoulet 2.
Briquet se lève à :

Voyons, tournez-vous, marchez

et gagne vers la gauche ; Cassoulet toujours assis,
l'inspecte, se lève et vient à lui sur la phrase :

C'est entendu, je vous arrête.

Briquet 1. Cassoulet 2.
La scène continue et Cassoulet passe N° 1 en
disant :

Vous aurez 50ᶠ, comme domestique

Sur la réplique de Briquet :

Ousqu'est le vestiaire

il revient à celui-ci et lui indique la porte N° 1 plan
droite Cassoulet le suit un peu.

— Scène 3ᵉᵐᵉ —

Cassoulet regarde sa montre, il remonte impatienté

à la porte du fond qu'il ouvre au moment où
Japhet paraît 2ᵉ plan gauche.

— Scène 4ᵉᵐᵉ —

Cassoulet redescend en scène Nº 2 Japhet Nº 1
Cassoulet passe devant Japhet en disant :

<u>Vous venez pour ma seconde branche</u>

et va prendre le registre des courses sur le petit cartonnier qui est entre les deux portes de gauche . Il
l'ouvre et revient à Japhet

Cassoulet 1. Japhet 2

Cassoulet reconnaissant son erreur ferme son
livre et le garde à la main . Il passe devant Japhet
qui est près de la table sur :

<u>Mais j'en suis ravi</u>

s'assied à son fauteuil et pose le livre sur la table
tandis que Japhet s'assied à la chaise à gauche de
la table , Japhet Nº 1 . Cassoulet Nº 2 . Japhet et
Cassoulet se lèvent sur :

<u>Je cours à l'hôtel</u>

Japhet va à la porte du 2ᵉ plan gauche où il sort en
lançant sa dernière réplique, Cassoulet l'a suivi en
passant au-dessous de la table . Cassoulet seul redescend
en scène en chantant, et vient se rasseoir à la table
sur le fauteuil à droite en disant :

<u>Je vais les inscrire</u>

— Scène 5ᵉᵐᵉ —

Briquet entrant du fond , en chevalier, descend
en scène Nº 1 . Cassoulet l'inspecte de sa place ,
prenant son livre de mariages , il se lève :

<u>Je vais dans mon cabinet</u>

vient à Briquet en disant :

<u>N'oubliez pas vos trois phrases</u>

et sort 1ᵉʳ plan droite en passant au-dessous de la table.

— Scène 6ᵉᵐᵉ —

Briquet seul se dandine en scène en gagnant

vers la droite. Des Toupettes entre 2ᵉ plan gauche et descend à lui, Des Toupettes recule étonné en entendant son nom et sur la phrase de Briquet s'assied N° 1 au fauteuil de gauche ; Briquet vient s'appuyer à la chaise qui est à droite de ce fauteuil et reste debout. Il gagne à droite en disant :

Il paraît que l'article est très-rare

Il aperçoit le livre des courses et s'assied au fauteuil à droite de la table. En disant :

Son livre de mariages

Des Toupettes se lève vivement et vient s'asseoir à la chaise à gauche de la table ; il se relève et gagne à gauche en disant :

De la noblesse

Briquet se lève aussi en emportant le livre de courses et passant au-dessous de la table vient à lui en disant :

et de la meilleure

À cette réplique Cassoulet paraît au 1ᵉʳ plan droite pose son livre de mariages qu'il rapporte sur la table. Briquet vient à lui et lui remet le livre de courses en disant :

Mr vient pour Arthémise

Des Toupettes 1. Briquet 2. Cassoulet 3
Briquet sort 2 plan gauche

— Scène 8 ᵉᵐᵉ —

Cassoulet vient à des Toupettes qui est resté à gauche, l'invite du geste à s'asseoir sur le fauteuil et s'assied sur la chaise près de lui, tous deux à l'avant scène gauche.

Des Toupettes 1. Cassoulet 2
Des Toupettes se lève sur :

Elle saute

Cassoulet se lève aussitôt. Des Toupettes passe devant Cassoulet et gagne N° 2 à droite en disant :

<u>Vous pouvez la garder</u>.

Cassoulet le suit. Des Toupettes remonte vers le fond gauche sur :

<u>Je me suis trompé d'étage</u>.

Cassoulet toujours N° 1 l'arrête en haut, repose le livre au cartonnier, le fait descendre à droite, lui indique la chaise qui est à gauche de la table, passe derrière lui et vient s'asseoir dans un fauteuil

des Toupettes 1. Cassoulet 2.

Cassoulet se lève furieux sur :

<u>des Toupettes</u>.

lui saute au collet, et le pousse au milieu du théâtre. Des Toupettes se dégage et gagne la gauche N° 1, en disant :

<u>A vos ordres Monsieur !</u>

Cassoulet marche sur lui menaçant, des Toupettes tourne en reculant et se trouve N° 2 à :

<u>Je ne suis pas aussi bête que vous</u>.

il ébauche un mouvement de sortie vers le 2e plan gauche, Cassoulet l'arrête et le faisant reculer devant lui le fait sortir 1er plan droite au-dessus de la table. Il sort avec lui sur l'entrée de Japhet qui suivi de ses femmes entre 2e plan gauche.

—— Scène 8ème ——

Japhet descend au milieu, les femmes entrent deux par deux et se placent six à droite (celles ci entrent les premières) et six à gauche. On est :

Les deux Elisa 1 & 2. Belly 3. Adelina 4. Béatrice 5. Deborah 6. Japhet 7. Arabella 8. Clary 9. Rébecca 10. Mary 11. Dorothée 12. Zima 13.

Arabella, Japhet et Deborah se détachent un peu en avant du groupe pour la scène. Arabella gagne à droite devant les femmes sur :

<u>Parceque nous sommes allées aux Montagnes Russes</u>

Déborah dégage un peu vers la gauche, et à tour de rôle Clary, Béatrice, Rébecca viennent jeter leur mot à Japhet puis reprennent leurs places. Japhet remonte un peu sur :

J'en serai bientôt débarrassé.

et aperçoit Cassoulet qui revient par le salon du 2ᵉ plan droite, Japhet descend à ses femmes en disant :

Un peu de tenue.

et remonte à Cassoulet qui vient au milieu.

— Scène 9ᵐᵉ —

On a devant le cercle des femmes
Deborah 1. Japhet 2. Cassoulet 3. Arabella 4.

Sur :

J'en réponds.

Japhet s'fface, Déborah qui vient à Cassoulet passe devant lui, il se trouve Nᵒ 1 à droite.

Cassoulet remonte au fond à la réplique :

Je vais vous présenter à mes invités.

Déborah remonte avec les femmes qui s'écartent pour dégager l'entrée des clients qui restent au-dessus.

On est ainsi pour la présentation.

Les Clients
7

Cassoulet
8

Les 2 Elisa 1.2._ Betty 3. Adelina 4. Beatrice 5. Deborah 6.
Japhet 1.

Clary 9. Rebecca 10. Mary 11. Dorothée 12. Zinna 13. Arabella 14

Aussitôt que les femmes ont répondu au salut des clients Japhet vient au milieu à Cassoulet qui le présente aux clients. Japhet leur serre la main en allant vers la droite, Cassoulet gagne à gauche et Godet descend lui dire

<u>Est-ce que sont nos futures ?</u>

Il remonte aux clients en disant :

<u>Faites vos invitations.</u>

Pendant ce temps les femmes ont écarté les meubles et descendu les deux fauteuils à gauche et à droite à l'extrême avant-scène : la table est repoussée entre les deux portes à droite, la chaise de gauche aussi à gauche. Il ne reste plus que la chaise qui était à gauche de la table où vient s'asseoir Clary pendant ces divers mouvements. Les autres femmes reprennent leur position aussitôt. Déborah se détache un peu du groupe de gauche, suivant Godet de l'œil : celui-ci va à Clary l'invite et enlève la chaise qu'il porte au fond. Japhet qui a fini de serrer les mains des clients redescend au milieu, Cassoulet qui a gagné à droite rencontre Arabella qui vient à lui vers le centre et lui offre le bras. Déborah qui a suivi Godet de l'œil se retourne à gauche et apercevant les deux derniers clients qui invitent les deux Elisa tousse fortement pour les appeler. Ceux-ci, à tour de rôle, se retournent, lui sourient et offrant le bras à leurs compagnes remontent au fond. Déborah sans cavalier N° 1 aperçoit Japhet au N° 2 et veut lui prendre le bras.

Sur la réplique :

<u>J'aime mieux ne pas danser.</u>

Japhet va s'asseoir au fauteuil à l'extrême droite et Déborah à l'extrême gauche sur l'autre fauteuil.

Sur la réplique :

<u>Le Quadrille !</u>

les groupes descendent et se mettent en place pendant la ritournelle. Sur la dernière mesure, Briquet en domestique entre 2ᵉ plan gauche, descend le long du décor derrière les groupes et vient à l'extrême gauche devant Deborah crier :

<u>V'là la police !</u>

Tous restent en place figés dans leurs attitudes ; au second cri de Briquet, tous se sauvent par toutes les portes, sauf celle du 2ᵉ plan gauche.

Cassoulet gagne à droite sur :

<u>C'est pour le pari mutuel</u>

Briquet le rejoint.

—— Scène 10ᵉᵐᵉ ——

Au moment où tous deux esquissent un mouvement pour fermer la porte du 2ᵉ plan gauche, Baliveau y paraît et reste sur le seuil

Baliveau 1. Briquet 2. Cassoulet 3.

Sur :

<u>Gustave !</u>

Baliveau descend d'un pas et congédie Briquet qui sort par le fond. Baliveau descend alors en scène à Cassoulet.

Baliveau 1. Cassoulet 2.

Cassoulet ébauche un mouvement de sortie vers le fond en disant :

<u>Veux-tu le voir je vais le chercher</u>

Baliveau passe devant lui en disant :

<u>Tout est fini entre nous</u>

et gagne 2.

Cassoulet 1. Baliveau 2.

Cassoulet esquisse un nouveau mouvement vers le fond et redescend sur :

<u>Reste là.</u>

Sur la réplique :

<u>Prends m'en pour vingt louis</u>

Cassoulet court au cartonnier à gauche suivi de Baliveau qui s'arrête, ne trouvant pas son argent. Baliveau serre la main à Cassoulet qui s'efface et passant devant lui sort 2e plan gauche.

—— Scène 11 ème ——

Cassoulet revient à son cartonnier. Arabella entre du 2e plan droite et vient en scène. Cassoulet descend à elle.

Cassoulet 1. Arabella 2.

Sur :

<u>Je vais chercher moi-même.</u>

il remonte vers le fond suivi d'Arabella qui veut l'arrêter.

—— Scène 12 ème ——

Des Toupettes entre 1er plan droite et gagne le milieu sans voir les deux autres au-dessus.

Arabella descend 3 et Cassoulet n° 1 descend les inviter à causer ; il remonte sur :

<u>Je vous en prie</u>

vers le fond où il sort.

—— Scène 13 ème ——

Des Toupettes 1. Arabella 2 au milieu du théâtre. Au moment où ils s'embrassent, Japhet entre du fond ; ils se séparent.

—— Scène 14 ème ——

Japhet descend menaçant à des Toupettes qui recule à gauche.

Des Toupettes 1. Japhet 2. Arabella 3.

Japhet fait passer Arabella à Des Toupettes sur la phrase :

<u>Elle est à toi.</u>

Des Toupettes 1. Arabella 2. Japhet 3.

— Scène 15ᵉᵐᵉ —

Cassoulet entrant du fond essaie de consoler Deborah. Japhet se détachant vient à eux.

On est.

Des Toupettes 1. Arabella 2. Japhet 3. Cassoulet 4. Deborah 5.

Ils descendent en scène à droite.

Sur :

Je double la prime

Japhet remonte un peu et redescend entre Cassoulet et Deborah pour aider celle-ci à se parer. Briquet en chevalier entre du fond et prend le Nᵒ 3

Des Toupettes 1. Arabella 2 gauche. Briquet 3. Cassoulet 4 au milieu Japhet 5. Deborah à droite

Sur :

Ah ! bon faut y aller.

Briquet passe devant Cassoulet et prend le Nᵒ 4, Cassoulet 3.

À la réplique :

Ne faites pas attention

Cassoulet, repoussant Briquet passe devant lui et reprend le Nᵒ 4

On reste dans ces positions jusqu'à

Adjugé

où Cassoulet fait passer Briquet devant lui au Nᵒ 4 au devant de Deborah que Japhet fait passer devant lui au Nᵒ 5. On est.

Des Toupettes 1. Arabella 2. Cassoulet 3. Briquet 4. Deborah 5. Japhet 5.

Pendant que Briquet & Deborah s'embrassent Japhet et Cassoulet remontent et se rejoignent au milieu du théâtre.

— Scène 16ᵉᵐᵉ —

Sur la réplique :

Adjugé

les portes des salons se sont ouvertes et les femmes descendent en éventail au bras d'un cavalier.

On a à l'extrême gauche des Toupettes et

Arabella à l'extrême droite, Godet et Clary près de ces derniers, Deborah et Briquet, un peu au dessous vers la gauche Japhet & Cassoulet.

Cassoulet descendant avec Japhet laisse celui-ci au milieu et de l'extrême gauche le présente aux clients. A la réplique :

<u>Messieurs….</u>

tous les hommes laissent les dames, font un pas en avant au devant de Japhet.

Cassoulet fait passer des Toupettes devant lui à Japhet et s'efface.

Au dernier mot de Japhet, tous lui serrent la main et reprennent leurs places près de leurs femmes respectives. C'est Briquet qui doit être le dernier du cercle des hommes à droite et des Toupettes le premier à gauche.

—— Scène 17ᵉᵐᵉ ——

Baliveau entre du 2ᵉ plan gauche et descend en scène entre Cassoulet et Japhet.

On a en avant du cercle des mariés.

<u>Des Toupettes 1. Arabella 2. Cassoulet 3. Baliveau 4. Japhet 5. Briquet 6. Deborah 7. Clary 8. Godet 9</u>

Sur :

<u>Et j'allais l'épouser !</u>

Deborah passe devant Briquet qu'elle bouscule et vient pour saisir le bras de Japhet qui la repousse.

On a alors les positions précédentes, sauf Deborah qui a changé de numéro avec Briquet

Deborah 6 . Briquet 7

jusqu'au rideau.

Imp. Ed. Delanchy & Cie 17 St. Denis 51 & 53.